Verlag Bibliothek der Provinz

Martin Kolozs
DIE GESCHICHTE GEHT WEITER
herausgegeben von Richard Pils
ISBN 978-3-900000-65-3
© *Verlag* Bibliothek der Provinz A-3970 WEITRA
www.bibliothekderprovinz.at

Abbildung Überzug: unbekannter Künstler, aus dem Buch „Postkarten der Wiener Werkstätte", *Verlag* Bibliothek der Provinz

Martin Kolozs

Die Geschichte geht weiter

Erzählung

Prolog

Ich bin in das Land zurückgekehrt, aus dem ich gekommen bin, und darin verschwunden. Ich ging in die Sonne.

Eins

Wer erzählt diese Geschichte? Und weshalb? Ist sie Wunsch oder Wirklichkeit oder beides zugleich? Begann sie mit den Worten *Es war einmal* oder nahm sie ihren eigenen Anfang, als einer sagte: „Ich habe eine Geschichte gehört, die ich euch erzählen will!" Aber wer ist dann dieser Erzähler? Und wer hört ihm zu? – Mein Name ist Philipp Brausewetter. Und ich habe eine Geschichte gehört, die ich euch erzählen will. Hört zu, denn sie hat alles, was eine gute Geschichte braucht. Ich lüge nicht, sie ist so wahr wie ihr und ich zusammen.

Zwei

Der alte Mann ist tot. Es kam nicht unerwartet, dass er starb. Aber es tat dennoch weh, wie wenn man ein Pflaster abmacht, nur Millionen Mal mehr. Er war eines Abends eingeschlafen und nicht wieder aufgewacht. So als hätte ihm der Traum, den er in dieser Nacht gehabt hatte, zu gut gefallen, um ihn am Morgen oder irgendwann sonst zu beenden.

Ich stelle mir vor, dass er an jenen Ort gegangen ist, den er mir vor Jahren gezeigt hatte. Und ich weiß, wenn ich daran denke, dass es richtig ist, wie es kam. Der Schmerz, ihn verloren zu haben, zeigt mir nur, wie sehr ich ihn gemocht habe. Ihm begegnet zu sein, bedeutete für mich, zu lernen, die Welt mit anderen Augen zu sehen und hinter die Dinge zu blicken.

„Es gibt mehr, als wir mit den Augen erkennen können", hat mir der alte Mann damals gesagt. „Um es zu sehen, müssen wir unsere Herzen öffnen!"

Seither befolge ich seinen Rat und bin wirklich glücklich. Auch als ich an seinem Grab stand und schwarze Erde auf den Sarg geschüttet wurde.

Drei

„Wissen Sie, weshalb mein Vater gerade Sie als seinen Nachlassverwalter eingesetzt hat?", fragte mich der reiche Sohn im Anschluss an das Begräbnis. „Ich möchte nämlich nicht, dass unnötige Kosten auf mich zukommen, verstehen Sie das!?"

„Waren Sie nicht auch der Psychiater meines Vaters?", fragte seine Tochter, die Lehrerin, die stets meinte, alles sei mit Vernunft zu erklären. „Sie müssen doch am besten beurteilen können, dass er keine klaren Entscheidungen mehr treffen konnte!"

Aber ich blieb beiden die Antwort schuldig. Denn ich wusste nicht, warum dies und ob das. Der alte Mann war zwar ein offenes Buch für mich gewesen, aber eines, das auf jeder Seite ein neues Rätsel beschrieb.

Vier

Nachdem ich meine Geschichte erzählt hatte, legte ich den Telefonhörer auf und wunderte mich. Ich hatte das alles nicht geträumt und dennoch fühlte ich mich danach. Die Erlebnisse, an die ich mich erinnerte, waren zu abenteuerlich, um sie tatsächlich erlebt zu haben, und trotzdem ... konnten sie nicht doch geschehen sein?

Ich ging an meinen Schreibtisch und machte mir Notizen: *Ich bin in ein Land vorgedrungen, das ich nicht kenne, das auf keiner Karte verzeichnet und in keinem Plan eingetragen ist. Als ich das erste Mal davon hörte, war es eine Stimme in meinem Ohr, die mir von einem Zauberer erzählte. Er soll an einem See wohnen.*

Ich schüttelte den Kopf über meine eigenen Worte und schrieb stattdessen: *Ich gab meine Zusage, in die Wohnung eines alten Mannes zu gehen, um seinen geistigen Zustand zu überprüfen. Ich stellte fest, dass er den Bezug zur Wirklichkeit verloren hat und in der Vorstellung lebt, ein gänzlich anderer zu sein.*

Als ich wiederum diese Zeilen las, wusste ich, dass es sich dabei auch nur um die halbe Wahrheit handelte. Allerdings, was stimmte dann? Ich beschloss, gleich am nächsten Tag wieder zu dem alten Mann zu gehen und ihn zu fragen, was vorgefallen war. Ich wusste, er hatte damit zu tun. Er kannte die Antwort.

Fünf

Der alte Mann war nicht überrascht, mich wieder zu sehen. Er öffnete weit die Tür und ließ mich lächelnd herein. Dann ging er, wie tags zuvor, durch den Flur in die Küche und bot mir abermals den Sessel am Fenster an. Er stellte mir eine Tasse Tee hin und setzte sich mir gegenüber auf die Eckbank. „Sie sind zurückgekommen", sagte er und nickte freundlich zur Bekräftigung.

„Ja." Mir war die Situation plötzlich peinlich. „Aber", stotterte ich weiter, „seit meinem Besuch sind ..." Ich suchte nach einem Wort, das nicht lächerlich klang, wenn es ein erwachsener Mensch sagte: „... Ungereimtheiten aufgetaucht."

„Wie in einem schlechten Gedicht", lachte der alte Mann und kniff die Augen wie ein Chinese zusammen.

„So könnte man das sagen, ja", antwortete ich, wusste aber nicht mit Bestimmtheit, was der alte Mann meinte.

„Erzählen Sie mir davon", ermunterte er mich schließlich. „Was ist passiert?"

Ich zögerte einen Augenblick. Dann: „Ich glaube", sagte ich und fühlte insgeheim, dass es stimmte, „die Geschichte geht weiter."

Sechs

Obwohl ich mit meinem eigenen Auto zum Friedhof gefahren war, nahm ich ein Taxi zurück in die Stadt. Ich nannte dem Chauffeur meine Adresse, entschied mich unterwegs allerdings um und bat ihn, mich zur Wohnung des alten Mannes zu bringen. Dabei folgte ich einem inneren Drang, gewissermaßen der Hoffnung, dort so etwas wie eine Antwort zu erhalten.

Ich drückte den Liftknopf, wartete und stieg in die Kabine ein. Es war ein Gefühl wie beim ersten Mal, als ich *Herr Doktor* einen scheinbar verwirrten, alten Mann aufsuchen sollte. Damals hatte er mir die Tür nur einen Spalt weit geöffnet, sodass ich alle Mühe gehabt hatte, in seine Wohnung zu gelangen. Später aber, in den darauf folgenden zwei Jahren, hatte er sie mir immer ganz aufgemacht, froh mich wieder zu sehen.

„Kommen Sie herein, mein Lieber", hörte ich ihn sagen und sah, wie er mir voraus durch den Flur in die Küche ging.

Dort waren wir dann gesessen und hatten den ganzen Tag über die unglaublichsten Dinge geredet.

Über diese Gespräche habe ich ein Buch geschrieben. Leider ohne Erfolg, wie ich zugeben muss. Es handelt davon, wie ich den alten Mann kennen gelernt und die ganze Geschichte mit dem Zauberer begonnen hat. Ein Lügenmärchen, sagten die einen, eine Liebesgeschichte, die anderen. Der alte Mann hatte es gar nicht benannt. Für ihn war es die Wirklichkeit gewesen: Nichts über das man sprechen sollte. Etwas, das man nur erleben konnte.

Ich schloss die Wohnungstür auf und trat ein. In der Luft hing noch der Geruch von Tee und Zigarrenrauch. Und mir wurde schlagartig bewusst, dass ich erstmals alleine hier war. Die Welt, wie ich sie kannte, existierte nicht mehr.

Sieben

Der alte Mann hatte mir vorgeschlagen, ihn so oft zu besuchen, wie ich wollte.

„Jeden Tag, wenn Sie dazu Lust haben", hatte er gesagt. „Ich will unbedingt hören, wie die Geschichte weiter geht."

Er bat mich, mit ihm ins Wohnzimmer zu kommen. „Sehen Sie", und er deutete auf die vielen Bücher in den Regalen und am Boden. „Jedes Mal, wen ich eines fertig gelesen habe, wünsche ich mir, zu erfahren, was danach geschieht. Was bedeutet *Und sie lebten glücklich und zufrieden bis an ihr Lebensende*? Worüber glücklich und womit zufrieden? Ich möchte das wissen!"

Der alte Mann hatte sich gesetzt und sah mich erwartungsvoll an. Aber was hätte ich ihm sagen sollen? Noch einen Tag zuvor waren Träume für mich nur Türen ins Unbewusste gewesen, nichts, das in Erfüllung gehen oder sogar einen Zauber bewirken hätte können.

„Was halten Sie davon", fragte ich ihn stattdessen, „wenn wir das zusammen herausfinden? Wenn wir gleich damit anfangen!?"

„Mit der Geschichte über den Zauberer?"

Das Gesicht des alten Mannes strahlte vor Glück.

„Ja", antwortete ich. „Erzählen Sie mir alles von Anfang an, und ich werde mitschreiben, damit nichts verloren geht."

Der alte Mann sah mich prüfend an.

„Und wenn ich zu Ende erzählt habe, erzählen Sie weiter?"

Ich nickte und sagte: „Ich werde es versuchen."

Darauf lächelte der alte Mann und setzte sich in Position.

„Sind Sie bereit?", fragte er, und seine Stimme klang abenteuerlustig.

„Ja", antwortete ich und hörte ihm aufmerksam zu: „Also es war einmal dieser Mann. Nicht sehr groß und weniger klein. Seine Haut war in der Sonne rot, im Schatten weiß und wenn er ins Wasser ging, wie bei Regen nass ..."

Acht

Ich ging ins Wohnzimmer und sah mich um. Alle Bücher waren bereits in Kartons verpackt, und das Cello, dem die Saiten fehlten, lehnte abholbereit an der kahlen Wand zwischen den Fenstern. Die Möbel waren in einer Hälfte des Raumes zusammengeschoben, damit in der anderen Platz genug war, um den Inhalt der Schubladen und Kästen aussortieren zu können: links ins Töpfchen, rechts ins Kröpfchen. Ich durchstöberte die beiden Haufen und entdeckte in demjenigen, der für den Müll bestimmt war, die bunt beklebte Flasche mit dem Bild von Henriette. Ohne zu zögern, steckte ich sie in meine Manteltasche und verließ damit die Wohnung.

„Jedes Abenteuer braucht eine Heldentat", hatte der alte Mann gesagt. „Und die größte von allen ist, wenn man das Herz eines Fräuleins im Sturm erobert, weil man es aus einer noch größeren Gefahr befreit!"

Neun

Nichts hielt mich davon ab, den alten Mann zu besuchen. Fast täglich kam ich fortan zu ihm, und wir arbeiteten zusammen an dem Buch, wobei er die Geschichte erzählte und ich die Worte mitschrieb.

„Ich kenne dieses Land in- und auswendig", sagte er stolz und beschrieb alles in seinen Einzelheiten: „Die Luft ist klar wie Wasser, das in den Bächen und Flüssen rauscht wie die Blätter im Wald, dessen Bäume hoch wie der Himmel sind, der sich weit und grenzenlos erstreckt wie die Felder und Wiesen unter ihm, die Früchte tragen und duften wie die Gärten und Haine, wohin alle Pfade und Wege führen wie an ein gemeinsames Ziel, das auch ein Anfang ist, aber niemals das Ende dieser Reise."

Während er so sprach, füllten sich manchmal seine Augen mit Tränen und seine Stimme wurde ganz leise, so als flüsterte er mir ein Geheimnis zu: „Dort lebt der Zauberer hinter Sonne und Mond, ganz für sich. Sein Haus steht am Ufer eines Sees, der am Tag aus Silber und nachts schwarz wie Pech ist. In seinem Garten wachsen Augentrost und Löwenzahn, und die Zaunwinde blasen."

„Aber wie gelangt man dorthin?", fragte ich meistens ungeduldig.

„Auf einem fliegenden Teppich", gab er mir dann zur Antwort oder: „Durch einen Kaninchenbau! Im Auge eines Hurrikans! Indem man sich durch einen Berg aus Griesbrei isst! Mittels eines gelben Zauberringes! Mit dem Zug, der auf Gleis neun-dreiviertel abfährt!"

Zehn

Um genug Zeit für das Buch zu haben, schloss ich meine Ordination vorerst und sagte den Kollegen, welchen ich meine Patienten weiterschickte, dass ich an einer Forschungsarbeit schriebe und jede unnötige Ablenkung vermeiden wolle, die meine Untersuchungen und deren Fortkommen gefährden könnte.

Später, es waren an die sechs Wochen vergangen, in denen der alte Mann und ich von früh bis spät zusammen in der Geschichte gewesen waren, traf ich zwar wieder Vereinbarungen zu Einzelgesprächen und nach einer Weile auch zu Gruppentherapien, hielt die Stunden im Allgemeinen aber gering, in denen ich wieder *Herr Doktor* und nicht der Zauberlehrling war. Zu sehr hatte ich mich an die neu entdeckte Traumwelt gewöhnt, in der alles möglich schien, wenn man nur daran dachte oder es sich fest wünschte, und man seine Gestalt und sein Wesen in alles verändern konnte.

„Sie dürfen nicht vergessen, wer Sie sind", warnte mich der alte Mann und drohte mir mit seinem knotigen Finger. „Wenn Sie sich nicht hüten, bannt Sie die Geschichte!"

„Was meinen Sie damit?"

„Dann wird die Handlung ein für alle Mal festgelegt, und Sie müssen tun und sagen, was Ihnen vorgegeben ist! Ihr freier Wille wird in Ketten gelegt, und Sie dürfen sich nur noch an die Buchstaben halten, die Ihnen das Gesetz vorschreibt."

„Welches Gesetz?", fragte ich gleichsam überrascht wie erschrocken.

Der alte Mann lachte.

„Nicht was, sondern wer. Das Gesetz ist einer der Torwächter. Seinen Bruder haben Sie bereits kennen gelernt."

„Den Torwächter an der Grenze des Vergessens?"

„Ja."

Ich überlegte kurz und fragte schließlich: „Welche Grenze bewacht das Gesetz?"

„Die längste von allen", sagte der alte Mann. „Jene, die sich zwischen den Träumen und der Wirklichkeit erstreckt. Und es ist gefährlich, sie unvorbereitet zu überschreiten!"

Elf

Deutlich spürte ich die Flasche in meinem Mantel. Und obwohl ich genau wusste, nichts Unrechtes getan zu haben, fühlte ich mich dennoch so schäbig wie ein Dieb. Nichts hatte dem alten Mann nämlich mehr bedeutet als dieses mit Muscheln und bunten Steinen beklebte Gefäß, und es einfach mitgenommen und von seinem angestammten Platz entfernt zu haben, kam mir vor, als hätte ich eine heilige Stätte entweiht. Doch je länger ich darüber nachdachte und mein Herz befragte, desto deutlicher erkannte ich, dass ich doch richtig gehandelt hatte, weil ich das Wertvollste rettete, indem ich es an einen sicheren Ort brachte.

Zwölf

In der Sicherheit meiner Wohnung betrachtete ich die Flasche genauer: Sie war bauchig und hatte einen langen Hals; einem Kegel nicht ganz unähnlich, aber nicht so schwerfällig, sondern von größerer Eleganz. Die Verzierung bestand, anders als ich vorerst gedacht hatte, nicht ausschließlich aus Muscheln und bunten Steinen, sondern zusätzlich aus seltenen Münzen, Perlen und zarten Reliefs, die Figuren des Altertums und Heiligendarstellungen zeigten. Allesamt waren kunstvoll wie in einem Mosaik zusammengestellt und bedeckten, mit Ausnahme ihres Bodens, die ganze Flasche. Wie beim ersten Mal, als ich sie vom Regal genommen und näher besehen hatte, fiel mir das eingefasste Bild einer jungen Frau auf, welche die große Liebe des alten Mannes gewesen war.

„Henriette", sagte ich ganz leise, aber nicht zu mir alleine, sondern als eine Art Begrüßung zwischen zwei alten Freunden. „Henriette, seid ihr beiden jetzt endlich zusammen." Und wieder bekam ich den träumerischen Eindruck, den ich auch damals hatte, die junge Frau würde mich aus der Flasche heraus durch ein Fenster ansehen.

Anfangs hielt ich es für eine Sinnestäuschung, hervorgerufen durch die Trauer über den Tod des alten Mannes. Aber als das Gefühl nicht nachließ, Henriette würde mich in demselben Maße anblicken wie ich sie, hatte ich keinen Zweifel mehr: die junge Frau in dem Bild lebte und versuchte mir etwas zu sagen. Sie bewegte Mund und Arme, wandte ihren Blick auf etwas hinter sich, das ich allerdings nicht sehen konnte, und flehte mich mit dem ganzen Ausdruck ihrer Augen und des Gesichts an, ihr zu antworten.

„Ich kann dich nicht hören", rief ich, als stünde Henriette in großer Entfernung zu mir. „Ich verstehe kein Wort! Henriette, was soll ich tun!?"

Aber Henriette schüttelte nur den Kopf und hielt ihre Hand ans Ohr; auch sie konnte nicht hören, was ich sagte.

Plötzlich wurde es dunkel, als hätte sich eine Wolke vor die Sonne geschoben, und etwas schlug wie Donnergrollen gegen die Wohnungstür.

Erschrocken stellte ich die Flasche beiseite und spähte durch den Türspion. Doch ich konnte nichts sehen! Der Hausflur war vollkommen leer! Ich machte die Sicherungskette vor, drehte vorsichtig und fast geräuschlos den Schlüssel um und zog die Tür eine Handbreit auf. Da war niemand, keine Menschenseele, nur ein beißender, würgender Geruch wie von einem alten, nassen Hund; ein räudiger Stromer, der von der Straße hereingekommen war und jetzt durch die Hausgänge streifte.

Dreizehn

„Sie haben noch eine wichtige Lektion zu lernen", sagte der alte Mann, und ich konnte an seiner Stimme erkennen, dass er es ernst meinte. „Bevor Sie die Grenze zwischen Traum und Wirklichkeit gefahrlos überschreiten können, müssen Sie genau wissen, wer Sie sind."
Ich überlegte kurz und meinte: „Aber das weiß ich doch!"
Der alte Mann lachte auf und schüttelte den Kopf.
„Sie kennen Ihren Namen, ja. Ihre Adresse und Ihr Geburtsdatum, bestimmt. Allerdings sind das nicht Sie!"
„Wer bin ich dann?"
Die Frage kam mir lächerlich vor, stellte ich sie doch selbst.
„Alles, was Sie einzigartig macht", antwortete der alte Mann. „Einen Namen bekommt man verliehen. Ja, man kann ihn sogar ablegen oder ändern. Aber die Erfahrungen, die Sie während Ihres Lebens machen, gehören nur Ihnen, und keiner kann sie Ihnen nehmen. Nicht einmal Sie sich selbst."
„Sie meinen meine Erinnerung?"
„Ja. Sie ist der Schlüssel in Ihre Vergangenheit und somit zurück in Ihr Leben! Sie ist die Zeit, die Ihnen ganz allein gehört! Je mehr Sie von ihr wissen, desto mehr sind Sie Sie! Vergessen Sie das nicht!"
Dann zündete er sich eine Zigarre an und schwieg.
„Aber was ist, wenn ich vergesse?", fragte ich nach einer Weile.
„Dann sind Sie nur noch ein Name in der Geschichte", antwortete der alte Mann und sah dem Rauch nach, der sich wie eine blaue Wendeltreppe in die Höhe schraubte.

Vierzehn

Ich trat in den Hausflur hinaus und sah mich in beide Richtungen um. Aber da war nichts. Was es auch gewesen sein mochte, das wenige Minuten zuvor noch an meine Wohnungstür geschlagen hatte, es war jetzt spurlos verschwunden. Ich zog den Schlüssel ab, steckte ihn ein und machte die Tür hinter mir zu. Dabei bemerkte ich, dass um das Schloss und in ungefähr einem Meter Höhe tiefe Kratzer im Holz waren, als hätte jemand eine Gartenharke dazu benutzt. Ich berührte sie mit meinen Fingern und dachte entsetzt darüber nach, woher sie kommen konnten. Und in demselben Augenblick hörte ich hinter mir ein beängstigendes Knurren. Schnell drehte ich mich herum, erkannte aber nichts. Auch hatte das Geräusch sofort wieder aufgehört. Es war wieder still wie zuvor. Langsam ging ich den Flur entlang, setzte leise einen Fuß vor den anderen und war auf der Hut. Wovor genau wusste ich allerdings nicht. Ich hatte bloß das Gefühl, dass ich in Gefahr schwebte und besser vorsichtig zu sein hatte. Als ich in die Nähe des Treppenhauses kam und bis dorthin nichts entdeckt hatte, hörte ich plötzlich Lärm, der aus meiner Wohnung drang. Ich rannte so schnell ich konnte zurück, fand aber niemanden, der meine Tür aufgebrochen, meine Wohnung durchsucht und die Flasche mit dem Bild von Henriette gestohlen hatte. Einzig der beißende und würgende Geruch nach einem alten, nassen Hund hing noch in der Luft.

Fünfzehn

Ich rief nicht die Polizei an, weil ich keine Ahnung hatte, was ich den Beamten hätte erzählen sollen. Manchmal klingt die Wahrheit eben zu sehr nach Erfindung; obwohl die Flasche tatsächlich verschwunden war, und ich genau wusste, was ich gesehen, oder besser gesagt, nicht gesehen hatte.

Ich räumte meine Wohnung auf und ordnete zugleich meine Gedanken: Wer hatte ein Interesse an der Flasche? Wer wusste, dass sie Zauberkräfte besaß, über die man mit Henriette sprechen konnte? Und wer war imstande, einen Hund so zu dressieren, dass er mich zuerst ablenken und dann einen Einbruch und Diebstahl verüben konnte?

Das waren in der Tat seltsame Überlegungen, aber sie hatten, nach allem, was geschehen war, durchaus ihre Berechtigung. Besonders, wenn ich bedachte, dass die Flasche nicht irgendwoher stammte, sondern einmal dem alten Mann gehört hatte, der mehrere wundersame Dinge aufbewahrt und mit einer Welt in Verbindung gestanden hatte, in der das Unmögliche alltäglich war.

Sechzehn

„Mit wem haben Sie gesprochen?", fragte ich den alten Mann, als ich mit einer Kanne frischem Tee ins Wohnzimmer zurückkam; ich hatte seine Stimme durch die geschlossene Tür bis in die Küche gehört.

„Mit einem guten Freund", antwortete er mir, obwohl keiner außer uns beiden anwesend war.

Ich sah ihn an, als wäre er verrückt geworden, und schüttelte lächelnd den Kopf: „Bei Ihnen muss man auf alles gefasst sein!"

„Sie glauben mir nicht?", fragte er, und es klang, als wäre er tatsächlich verwundert, nein, enttäuscht darüber.

„Das hat nichts mit Glauben zu tun", antwortete ich. „Es widerspricht nur einfach den Tatsachen." Und ich zeigte mit krausgezogener Stirn und einem peinlich lahmen Lächeln ins Nichts.

Der alte Mann betrachtete mich einen Moment länger, als er es sonst tat, bevor er mir etwas Neues beibrachte, und sagte schließlich: „Ich hätte gedacht, dass Sie verstanden haben. Aber ich habe mich wohl geirrt."

Hätte ich es nicht besser gewusst, ich hätte annehmen müssen, dass der alte Mann mich nicht leiden konnte, so gleichgültig sprach er diese Worte aus.

„Ich wollte Sie nicht enttäuschen", sagte ich alsdann und: „Ich werde mich bemühen, alles zu verstehen, wenn Sie es mir erklären."

Der alte Mann nickte etwas zögernd und bedeutete mir, mich neben ihn zu setzen.

„Was habe ich Ihnen über die Erinnerung gesagt?", fragte er mich prüfend.

„Dass sie letztlich mich selbst ausmacht."

„Und?"

Ich zuckte mit den Schultern; ich hatte keine Ahnung.

„So wirklich wie die Erinnerung einen selbst ausmacht", erklärte der alte Mann eindringlich, „so wirklich macht sie jeden und alles andere auch!"

„Sie meinen ..." Ich konzentrierte mich einen Augenblick, um den Gedanken folgen zu können. „Sie meinen, Ihr Freund, mit dem Sie vorher gesprochen haben, war hier, weil Sie ..." Ich verlor den Faden.

„Weil ich mich an ihn erinnert habe", ergänzte der alte Mann. „So gefährlich das Vergessen für den Fortbestand sein kann, so mächtig ist die Erinnerung darin, wieder zu erschaffen, was lange und fern zurückliegt. Merken Sie sich das!"

Siebzehn

Die Aufregung des Tages hatte mich müde gemacht und ich ging früh zu Bett. Trotzdem konnte ich nicht gleich einschlafen, sondern wälzte mich noch einige Zeit in den Laken und wurde die Bilder nicht los, die sich in meinem Kopf festgesetzt hatten. Bilder, die den alten Mann tot in seiner Wohnung zeigten, und solche, die in jeder Einzelheit schilderten, wie die wundersame Flasche in dem aufgerissenen Maul eines riesenhaften Hundes mit schwarzem Fell verschwand.

Noch einmal stand ich auf und öffnete das Fenster. Ich hoffte, die frische Luft würde die schlechten Gedanken vertreiben und mich endlich beruhigen. Ich kann nicht sagen, wie lange ich weiterhin wach gelegen habe oder ob ich überhaupt je eingeschlafen bin. Ich kann mich nur erinnern, dass ich plötzlich wieder die Flasche mit Henriettes Bild in Händen hielt und nochmals sah, wie die junge Frau ihren Mund und die Arme bewegte und ihren Blick auf etwas hinter sich wandte.

„Ich kann dich nicht hören", rief ich erneut. „Ich verstehe kein Wort! Henriette, was soll ich tun!?"

Aber anders als zuvor, schüttelte Henriette jetzt nicht den Kopf und fasste sich nicht ans Ohr, um mir zu bedeuten, dass auch sie mich nicht verstand, sondern sie reichte mir ihre Hand aus dem Bild heraus, wie zwischen zwei Hälften eines hauchdünnen Schleiers hindurch.

Und ohne ein Zögern griff ich danach und übertrat die Grenze.

Achtzehn

Die weiße Frau umarmte mich und weinte an meiner Schulter. Ihr ganzer Körper zitterte und drängte sich an meinen, wie um sich in seinem Schatten zu verstecken.

„Der Zauberer ist tot", schluchzte sie. „Du kommst zu spät."

Ich erwiderte ihre Umarmung und nickte, ohne ein Wort zu sagen, aber sie verstand es trotzdem.

„Woher weißt du?", fragte sie.

„Ich bin dabei gewesen", antwortete ich und berührte ihre Wange mit dem Finger, um eine Träne aufzufangen.

Die weiße Frau lächelte verwirrt.

„Dann weißt du auch, was vorgefallen ist?"

Ich schüttelte den Kopf.

„Was meinst du?"

Sie machte einen Schritt von mir weg und sah mich traurig an.

„Was ist passiert?", fragte ich nochmals.

„Es hat sich alles verändert", antwortete sie. „Die Welt, wie du sie kanntest, gibt es nicht mehr!"

Neunzehn

Über den Tod zu reden, bereitete mir stets Unbehagen. Zum einen weil ich die schlichte Tatsache, dass jeder von uns einmal sterben muss, als unabänderlich und damit als uninteressant betrachtete. Zum anderen, weil ich schon allein bei dem Gedanken, dereinst die Augen für alle Zeiten zu schließen, von einer Angst befallen wurde, die ich sonst vor nichts und niemandem hatte.

Das Thema war für mich also ein absolutes Tabu. Und ich hätte es nie freiwillig angesprochen, hätte nicht der alte Mann eines Tages begonnen: „Seit kurzem denke ich darüber nach, was danach sein wird."

„Wann?", fragte ich scheinheilig und hoffte inständig, dass sich meine Befürchtung, über die letzte Konsequenz sprechen zu müssen, nicht erfüllte.

„Wenn ich tot sein werde."

Der alte Mann beobachtete meine Reaktion, die ich zu verbergen suchte; noch niemals zuvor hatte ich jemanden so unverbindlich und dennoch so persönlich über sein Ende sprechen gehört.

„Ist es Ihnen unangenehm?", fragte er mich. „Wollen Sie sich lieber über etwas anderes unterhalten?"

Ich schüttelte heftig den Kopf. Aber es sah wohl nicht sehr überzeugend aus.

„Nein, es ist nur ..." Ich stammelte, als hätte ich die Worte erst neu erfinden müssen. „Ich hätte nicht gedacht, dass Sie ...", und ich deutete auf ihn wie auf einen Fremden, „... solche Gedanken haben."

„Wieso nicht", entgegnete der alte Mann, als hätte er schon vor mir gewusst, was ich sagen würde, und nur darauf gewartet, mich abermals in die Enge zu drängen.

„So habe ich das nicht gemeint. Selbstverständlich denken Sie darüber nach ..."

„Weil ich alt bin?!"

Der alte Mann schien es zu genießen, mich vollends zu verwirren.

„Nein, nicht weil Sie alt sind ..." Und schon wusste ich nicht mehr weiter. „Ich glaube ... ja, wirklich ... so war das nicht gemeint." Ich stotterte um mein letztes Bisschen Respekt und Selbstachtung.

„Das ist nicht schlimm", sagte der alte Mann schließlich und lächelte, als wäre es der größte Spaß, den wir gemeinsam nur haben konnten.

„Was?"

In meinem Kopf drehte es sich, und ich hatte das Gefühl, es wäre fortan das Ehrlichste und am wenigsten Blamabelste, alles infrage zu stellen.

„Beides", antwortete er. „Es ist nicht schlimm, dass Sie nicht über den Tod sprechen wollen, so wie es der Tod selbst auch nicht ist."

Ich war zweifach überrascht: Ohne Bitterkeit akzeptierte der alte Mann meine ausweichende, fast peinliche Haltung so wie auch den erschreckenden Umstand, dass nichts für die Ewigkeit bestimmt war und seine Tage allmählich dem Ende zuliefen.

„Wie schaffen Sie das?", fragte ich ihn, und er wusste genau, was ich meinte.

„Sind Sie nicht auch gespannt", flüsterte der alte Mann, als wäre es der Anfang einer abenteuerlichen Geschichte. „Ich bin gespannt! Ich bin es sogar sehr!"

Zwanzig

Alsbald erzählte mir die weiße Frau von den schrecklichen Geschehnissen: „Nachdem der Zauberer gestorben und seine ordnende Macht vergangen war, verbündeten sich die Schattenreiche jenseits der schwarzen Berge und wählten den Mond zu ihrem neuen König. Gemeinsam beschlossen sie, dass von nun an über das ganze Land Dunkelheit herrschen sollte. Und sie befreiten mit ihren gespenstischen Truppen einen riesenhaften Wolf aus dem Gefängnis der Nachtwächter, welcher dort schon seit Jahrhunderten eingesperrt war. Ihm gaben sie den Auftrag, die Königin Sonne zu verschlingen, damit es auf ewig Nacht bliebe, und alle Lichtgestalten zu jagen und zu töten."

Einundzwanzig

Ich erinnerte mich daran, was mir der alte Mann als Letztes gesagt hatte, bevor er gestorben war. Er war bereits sehr schwach gewesen und seine Stimme nicht lauter als ein Mäuseschniefen: „Es ist alles da, immer."

Und ich erinnerte mich daran, was mir der Zauberer als Letztes gesagt hatte, bevor ich nach Hause zurückgekehrt war und er mir zum Abschied gewunken hatte: „Vergiss mich nicht und die Geschichte wird weitergehen."

Beides gab mir Hoffnung. Ein Gefühl, das ich in dieser Stärke, bis dahin, nicht gekannt hatte.

Die weiße Frau sah mir die Veränderung an. Sie lächelte scheu. Dann meinte sie: „Du wirst mich begleiten müssen, wenn du helfen willst. Komm!"

Zweiundzwanzig

Das Land war wüst und leer. An den Bäumen verdorrten die Früchte. Auf den Feldern wuchs nichts und auf den Wiesen blühte nichts. Die Wasser der Flüsse und Seen und Meere waren schwarz wie Pech, und in der Luft war keine Regung. Alles schien in der Bewegung erstarrt und langsam zu verfallen. Überall herrschte bittere Kälte und tiefste Düsternis.

Durch diese Einöde führte mich die weiße Frau drei Tage und zwei Nächte lang, bis wir an einen geheimen Ort kamen, der fernab in einem Waldstück lag; die letzte Zuflucht einer Gruppe von Zauberwesen.

Einige von ihnen kannte ich, von anderen hatte ich bereits gehört, aber ein paar hätte ich mir in meinen kühnsten Träumen nicht ausmalen können.

„Wer ist das?", flüsterte ich der weißen Frau zu und schickte einen flüchtigen Blick in die entsprechende Richtung.

„Das ist das Volk der Kreaturen", antwortete sie.

„Und woher kommen sie?"

„Nirgendwo her! Sie sind noch Ideen, keine fertigen Vorstellungen!"

Und so gingen wir hindurch zwischen Zyklopen und Drachenechsen, Zwergen und Spukgespenstern, Einhörnern und Steinmännern, Zentauren, Elfen, Kobolden, Hexen, Riesen und anderen mehr.

„Alle sind sie gekommen, um dich zu sehen", sagte die weiße Frau plötzlich.

„Mich?" Ich verstand nicht, was sie meinte. „Weshalb?"

„Sie wollen den Zauberschüler sehen."

„Aber warum?"

„Weil du als Einziger die alte Macht beherrschst, die dem Mond und seinem Schattenreich ein Ende setzen kann."

Ich wusste nicht, wie mir geschah.

„Darüber weiß ich nichts", versuchte ich mich herauszureden.

„Deshalb sind wir hier", sagte die weiße Frau, und ihr Lächeln verriet, dass sie um meine peinliche Angst Bescheid wusste. „Bald wirst du die ganze Geschichte hören, von Anfang an!"

Dreiundzwanzig

Wie bei meiner ersten Begegnung mit einem dunklen Gedanken fürchtete ich mich, während mir der alte Mann das achtundzwanzigste Kapitel unseres Buches diktierte. Die Erinnerung an *das Böseste, das man ersinnen kann*, ließ mein Herz schnell wie einen Trommelwirbel schlagen und meine Hände nervös zittern. Noch immer hörte ich das *Kreischen, das Tote wecken konnte*, als der dunkle Gedanke nach seinem Angriff auf den Zauberer die Flucht ergriff und wir ihn bis an die Grenze des Vergessens jagten. Und nie würde ich das Gefühl vergessen, das ich hatte, nachdem der dunkle Gedanke verschwunden war: eine Mischung aus Erleichterung, diesen Dämon endlich los zu sein, und Schrecken, er könnte irgendwann wiederkehren.

Der alte Mann sah mich besorgt an. Er hatte mich schon eine ganze Weile beobachtet, aber nichts gesagt. Zu sehr fesselte ihn die Geschichte, die er gerade erzählte. Dann jedoch: „Was haben Sie? Ihrer Gesichtsfarbe nach zu urteilen, scheinen Sie über etwas beunruhigt zu sein!"

Ich nickte leicht, brachte aber kein Wort heraus; ich dachte, die Angst, die ich hatte, wäre zu kindisch.

„Ist es der dunkle Gedanke, der Ihnen missfällt?", fragte der alte Mann und legte einen warmen Ton in seine Stimme, der mir zu verstehen gab, dass an meinem Gefühl nichts falsch war.

„Ja", antwortete ich kleinlaut, räusperte mich alsdann aber und fragte entschlossen: „Woher kommt so etwas Schreckliches überhaupt? Ich meine, wie kann ein Scheusal wie der dunkle Gedanke in dieser Welt vorkommen?"

Der alte Mann schürzte seine Lippen und legte den Kopf schief. An seinem Blick konnte ich allerdings nicht erkennen, woran er dachte, ob er mich abermals für unaufmerksam oder doch für würdig genug erachtete, auch die letzten Geheimnisse zu erfahren.

„Das Schlechte", begann er schließlich, „hat seinen Ursprung dort, woraus auch alles Gute entstammt: in den Wünschen, Träumen und Vorstellungen. Woran wir denken und was wir dabei fühlen, entscheidet schlussendlich, welche Seite der Gedanke einnimmt, und welche Macht er bekommt. Ein dunkler Gedanke zum Beispiel wurde aus Neid, Hass oder einer ähnlichen Empfindung geboren, und sein ganzes Wesen richtet sich darauf aus, Unglück zu bringen. Sein Platz ist darum auch in direkter Nachbarschaft zu allem, was Freude schafft. Die Reiche des Lichts und der Schatten liegen so nahe beieinander wie Tag und Nacht!"

„Und was geschieht, wenn die Zahl der dunklen Gedanken überhandnimmt?", fragte ich den alten Mann, obwohl mir seine Antwort fast zwangsläufig erschien.

„Dann herrscht Krieg zwischen Licht und Schatten. So lange, bis das Gleichgewicht wieder hergestellt ist."

Ich war verwundert: „Was heißt Gleichgewicht, sollte das Gute nicht über das Schlechte triumphieren?!"

Der alte Mann lächelte.

„Das wird nie der Fall sein, und wahrscheinlich ist es auch richtig so."

„Warum?"

„Wie das Licht die Dunkelheit braucht, um zu strahlen, braucht das Gute einen würdigen Gegner, um sich behaupten zu können."

Damals wie heute bin ich mir nicht sicher, ob ich verstanden habe, was der alte Mann damit meinte. Aber letzten Endes schien es dennoch die Antwort auf vieles zu sein.

Vierundzwanzig

Die weiße Frau führte mich zum Eingang einer Höhle.

„Ab hier musst du alleine weiter", sagte sie.

„Was soll ich da?", fragte ich, und ein kalter Schauer lief mir über den Rücken bei dem Gedanken, dort alleine hineinzugehen.

„Hab keine Angst", ermutigte mich die weiße Frau. „Am Ende der Höhle wirst du von einem Freund erwartet."

„Und weshalb kommt er nicht heraus?"

Ich hielt es für ein gutes Argument.

„Weil er ein Nachtwächter ist und kein Licht verträgt", antwortete die weiße Frau und schob mich in Richtung der Höhle; ihre Geduld hing an einem seidenen Faden.

Langsam wagte ich mich vor: auf einen Schritt folgte der nächste. Mit ausgestreckten Armen tastete ich mich durch das Dunkel, entlang der feuchtkalten Wände und immer tiefer in den Berg hinein. Und je weiter ich kam, desto näher hörte ich den Nachtwächter, wie er atmete und meinen Namen flüsterte.

„Komm näher", sagte er mit tiefer Stimme und winkte mich mit seiner riesenhaften Hand zu sich.

Er war von gewaltiger Größe, trug eine Rüstung aus Stein und ein Schwert, dessen Klinge wie eine Säge geformt war und die Länge eines Baumes hatte.

„Komm näher", wiederholte er. „Wir haben keine Zeit mehr zu verlieren!"

Ich ging zu ihm und blickte an ihm empor: Sein Kopf stieß beinahe an die Höhlendecke.

„Du weißt, weshalb du hier bist?", fragte der Nachtwächter, und ich schüttelte den Kopf. „Du sollst von mir erfahren, was von dir erwartet wird und welche Gefahren auf dich lauern."

„Ich glaube nicht, dass ich der Richtige bin", antwortete ich und meinte es auch.

„Bist du der Schüler des Zauberers oder nicht?"

Die Stimme des Nachtwächters hatte jetzt etwas Bedrohliches.

„Ja, der bin ich!"

„Dann bist du der Richtige", beschloss der Nachtwächter. „Hör mir aufmerksam zu!"

Fünfundzwanzig

Der Nachtwächter hatte gegen die Truppen aus dem Schattenreich gekämpft, als diese gekommen waren, um einen gigantischen Wolf aus dem Felsengefängnis zu befreien, der dort seit Jahrhunderten angekettet gewesen war. Die Schlacht hatte viele Tage und Nächte gedauert und zahlreiche Verluste auf beiden Seiten gefordert. Aber am Ende hatten die Dämonen und bösen Geister ihr Ziel erreicht und die Bestie befreit.

„Ohne es zu wissen, bist du ihm schon begegnet", sagte der Nachtwächter.

„Dem Wolf?"

„Ja! In der Gestalt eines räudigen Hundes ist er in die andere Welt geschickt worden. Er sollte verhindern, dass du die Grenze überschreitest."

„Dann hat er mir die Flasche gestohlen", rief ich aus, und das Puzzle fügte sich Stück für Stück zusammen.

„Sie ist ein Portal in unsere Welt", sagte der Nachtwächter. „Aber deine Macht ist mittlerweile stark genug, dass du aus eigener Kraft gehen und kommen kannst, wann immer du es willst."

„Aber welche Aufgabe habe ich hier?"

Ich konnte mir beim besten Willen nicht vorstellen, etwas zu schaffen, das dem Zauberer scheinbar nicht gelungen war: das Gleichgewicht zu halten.

„Wir kennen deine Geschichte", sagte der Nachtwächter und zog ein schmales ledergebundenes Buch hinter seinem Harnisch hervor, „sie ist bereits ein Teil unserer Welt. Wir wissen, was du gelernt hast, und vertrauen deiner Zauberkunst."

Ich nahm den Band entgegen und schlug die erste Seite auf.

„Das gibt es nicht", sagte ich und las: *Die Geschichte geht so.*

Sechsundzwanzig

Als der alte Mann und ich das Buch fertig geschrieben hatten, fühlte ich mich traurig. Ich meinte, dass mit dem letzten Wort auf der letzten Seite auch das Abenteuer zu Ende gegangen wäre und ich niemals wieder etwas Ähnliches erleben würde.

Ganz anders wirkte der alte Mann: Er lachte über das ganze Gesicht, und bei genauerem Hinsehen erkannte ich, wie neben seinem Kopf richtige Funken wie von einem Lagerfeuer aufstiegen und zu Glühwürmchen verwandelt davonflogen.

„Wir haben es geschafft", strahlte er. „Wir haben alles aufgeschrieben und nichts dazuerfunden!"

„Aber es bleibt dennoch eine Geschichte", sagte ich, obwohl mir bei dem Gedanken beinahe das Herz brach.

„Alles ist eine Geschichte", ließ sich der alte Mann nicht die Laune verderben. „Es kommt nur darauf an, ob sie wahr ist. Und das ist sie!"

Ich nickte zufrieden und lächelte wieder.

Der alte Mann hatte ja recht: wahr musste sie sein, sonst hätten wir sie nicht erzählen können.

Siebenundzwanzig

Vor der Höhle wurde ich von der weißen Frau und allen anderen erwartet. Mit gespannten Mienen sahen sie mich an, brachten aber kein Wort heraus; keiner von ihnen wollte etwas sagen, bevor ich es nicht tat.

Ich ging also mitten durch die Menge und ein Stück in den Wald hinein, wohin man mir dicht nachfolgte.

An einer Stelle, die mir geeignet schien, weil sie genug Platz bot, blieb ich stehen und drehte mich herum. Alle sahen mich erschrocken und zugleich erwartungsvoll an. Nur die weiße Frau nickte mir ermutigend zu.

„Ich habe mit dem Nachtwächter gesprochen", sagte ich, und weiter: „Ich werde alles in meiner Macht Stehende tun, um euch zu helfen."

Unter den Zauberwesen brach Jubel aus.

„Seid ruhig", rief die weiße Frau. „Er ist noch nicht fertig!"

Ich hielt das Buch, das mir der Nachtwächter gegeben hatte, über meinem Kopf in die Luft: „Das ist die Geschichte unseres geliebten Zauberers. Darin steht sein gesamtes Wissen, alles, was er mich gelehrt hat. Und ich bin bereit, seine Kunstfertigkeit anzuwenden. Aber …" Ich unterbrach mich und sah Einzelnen in die Augen, „… ich brauche euch, damit der Zauber wirkt. Nur gemeinsam können wir die Welt erschaffen, die wir als unsere Welt kennen! Seid ihr dabei?"

Wieder brach Jubel aus, und alle begannen wie wild zu tanzen und zu singen, so als wäre das gute Schicksal schon besiegelt. Nur die weiße Frau lächelte betrübt.

Achtundzwanzig

In einem Traum begegnete ich dem alten Mann im Haus am See. Wie einst der Zauberer saß er in einem Schaukelstuhl am Fenster und las. Mit einem Spinnenfaden hatte er einen Stern am Rahmen festgemacht, der ihm leuchtete, bis das Kapitel zu Ende war. *Hinter seinem Ohr steckte eine Strohblume und kitzelte ihn.*

Dann träumte ich weiter, wie der Zauberer mir gegenüber im Wohnzimmer saß. Zusammen, wie vormals ich mit dem alten Mann, tranken wir Tee und sprachen über Gott und die Welt: *„Ihre Frage lautete, ob ich an Gott glaube."*

„Und, tun Sie es?"

„Was denken Sie, was Donnergrollen ist? Wohl ein Beweis dafür, dass es Gott gibt, oder zumindest jemanden, der über uns wohnt und gerne seine Möbel rückt."

Als ich erwachte, schienen mir beide eins; ihre Gesichter hatten sich übereinandergelegt und ergaben ein Paar Augen, eine Nase und einen Mund. Und wie sie waren fortan auch die Welten, in denen sie lebten, nicht mehr voneinander getrennt.

Neunundzwanzig

Später erklärte mir die weiße Frau den Grund ihres Trübsinns. Sie nahm mich beiseite und sagte: „Dein Plan wird nicht aufgehen, Zauberlehrling. Du kannst mit ihnen nicht in den Krieg ziehen." Dabei deutete sie auf die Zauberwesen rings um uns. „Sie sind nicht dazu gemacht, keines von ihnen."

„Wie meinst du das?", fragte ich und lächelte schuldbewusst, so als hätte ich von dieser Unfähigkeit schon länger gewusst, es allerdings nicht zugegeben, was jedoch nicht stimmte.

Die weiße Frau sah mich prüfend an; sie schien mir, oder besser dem, was sie von mir hörte, nicht recht zu glauben.

„Hat er dir davon nichts gesagt?", fragte sie, und ich wusste nicht, wen sie meinte: den alten Mann oder den Zauberer.

„Wovon?"

„Der Bannung", rief sie aus, als wäre es das Naheliegendste von der Welt. „Sie sind alle gebannt!" Und wieder deutete sie auf die Zauberwesen, die zwar in Hörweite standen, aber nicht die kleinste Reaktion auf uns oder das Gesagte zeigten.

Und plötzlich erinnerte ich mich wieder: „Aber ich dachte, man wird nur gebannt, wenn man in die Geschichte eintaucht und nicht wirklich weiß, wer man ist! Wenn man sich nicht mehr daran erinnert, was einen einzigartig macht!"

„Genau das ist es", sagte die weiße Frau freudig, als wäre sie eine Lehrerin und ich ihr Schüler, der endlich eine schwierige, mathematische Gleichung verstand. „Keines dieser Wesen hat eine Vergangenheit, geschweige denn eine eigene Erinnerung daran. Sie sind bloße Erfindungen, die spontan entstanden sind. So etwas wie Geistesblitze, Musenküsse und kreative Einfälle."

„Und was bedeutet das?"

Ich war mir noch nicht ganz im Klaren darüber, welche Konsequenzen das für den Kampf gegen die Schattenwesen hatte.

Die weiße Frau wurde ernst, wie bei einer traurigen Mitteilung, die sie mir zu machen hatte: „Keines der Wesen hier kann etwas anderes tun, als die Geschichten, aus denen sie kommen, zuzulassen. Bereits jetzt haben sie vergessen, was du zu ihnen gesagt hast, weshalb sie hier sind!"

„Das heißt, sie werden nicht kämpfen?", fragte ich erschrocken.

„Nein, sie können es gar nicht!"

Für einen Moment schwiegen wir; es schien eine aussichtslose Situation zu sein. Dann: „Und was ist mit dir, weiße Frau? Weshalb weißt du über diese Dinge Bescheid? Weshalb bist du nicht gebannt?"

„Weil die Geschichte so handelt."

„Weiter nichts?"

„Das kann ich dir nicht sagen", sagte die weiße Frau und zuckte kaum merklich mit den Schultern.

„Aber was soll ich dann machen?", fragte ich. „Alleine kann ich doch nicht gegen die Truppen des Schattenreichs antreten!"

Die weiße Frau legte ihre Hand auf meine Schulter und sah mich tröstend an: „Glaub mir, es wird weitergehen! Es wird sich eine Lösung finden!"

„Wie kannst du dir darin so sicher sein?"

„Weil du sonst nicht da wärst, Zauberlehrling! Die Geschichte wäre schon davor zu Ende gegangen!"

Dreißig

Sie kamen ohne Vorwarnung; wie aus dem Nichts stürmten sie auf uns ein und überrannten uns. Sie waren ohne Gnade.

An ihrer Spitze jagte ein Wolf, dessen Augen glühend rot leuchteten und dessen Fell so schwarz wie die Nacht selbst war. Zähnefletschend trieb er die Zauberwesen vor sich her und in einen Käfig hinein, der am Ausgang einer engen Schlucht aufgestellt war. Jene, die er nicht ergriff, wurden von seinen Horden eingefangen und in Ketten gelegt; ihre Reihe war so lang, dass man von ihrer Mitte aus keines der beiden Enden sehen konnte.

Wie durch ein Wunder hatte die weiße Frau mich warnen und in Sicherheit bringen können.

Aus der Entfernung mussten wir alsdann hilflos zusehen, wie unsere Freunde weggebracht wurden. Und obwohl mich die Wut packte und der Mut nicht verließ, behielt die Vernunft doch die Oberhand: Ich musste mich bedeckt halten, bis alles vorbei war, um auf einem anderen Weg ihre Flucht zu ermöglichen.

Einunddreißig

„Wie ist Ihre Arbeit als Psychiater?", fragte mich eines Tages der alte Mann, und es schien ihn ehrlich zu interessieren.

„Weshalb wollen Sie das wissen?"

„Weil es wichtig für unser Buch ist!"

Ich schüttelte heftig den Kopf: „Das denke ich nicht!"

„Und ob! Sie sind ein wichtiger Teil der Geschichte! Alles, was Sie angeht, muss aufgeschrieben werden!"

Ich überlegte kurz und stimmte stillschweigend zu.

„Dann diktieren Sie", befahl der alte Mann, „und lassen Sie keinesfalls aus, was Sie anfangs über mich dachten!"

So entstanden die Kapitel vier und sechs in *Die Geschichte geht so*, in denen ich unter anderem beschreibe: *Auch wenn man es nicht sagen soll, aber ich habe mit Verrückten zu tun. Mit Menschen, die glauben, sie können einen Löffel durch die Kraft ihrer Gedanken verbiegen, die Zeit anhalten, die Sprache der Tiere verstehen, die Zukunft lesen oder durch bloßes Schlagen ihrer Arme zum Mond fliegen.*

Beziehungsweise: *In meinen Augen war der Alte auf den ersten Blick irre. Alles in allem hatte er also den Bezug zur Wirklichkeit gänzlich verloren und verbrachte seine noch kurz bemessene Zeit wie im Traum und in der Vorstellung, ein anderer zu sein.*

Zweiunddreißig

Ziellos streiften die weiße Frau und ich durchs Land. Wir gingen so weit und so lange, wie uns unsere Beine tragen konnten, und verfolgten stets den Punkt am Horizont, den wir am Morgen nach dem Aufwachen als Erstes ausgemacht hatten. Aber gleich welche Richtung wir einschlugen, allerorts waren wir falsch und nirgends richtig.

Nach mehreren solchen Tagen des Herumirrens kamen wir auf eine Ebene, die so flach war wie einst die Vorstellung der Erde, in deren Mitte sich ein würfelförmiger, fensterloser Bau erhob. Eine einzelne, wie mit einem Lineal gezogene Straße führte zu einem Tor, das eher einem Riss in der Mauer als einem Durchgang glich. Nichts, außer einer schwarzen Fahne an der oberen, vorderen Würfelkante, die gleichmäßig im Wind schlug, gab einen Hinweis auf Leben dort; der Ort schien geisterhaft und verlassen.

„Lass uns von hier schnell fortgehen", sagte die weiße Frau und war schon ein paar Schritte davongeeilt, bevor ich eine Antwort geben konnte.

Ich rief ihr nach: „Was ist das für ein Gebäude?"

Die weiße Frau blieb stehen und wandte sich zu mir um.

„Kein Ort, an dem wir bleiben sollten", sagte sie flüsternd. „Hier geschehen seltsame Dinge! Fürchterliche Dinge!"

Ich blickte zu dem Würfel und wusste nicht, was tun. Ein unbestimmtes Gefühl sagte mir, dass in diesem Gemäuer etwas, oder vielmehr jemand auf mich wartete. Es war wie damals, als mich diese Stimme zum Zauberer gerufen hatte; deutlich laut für mich und doch unhörbar für alle anderen.

„Wir sollten hingehen", sagte ich kurzentschlossen, und die weiße Frau erschreckte.

„Nein", protestierte sie, „das dürfen wir nicht! Noch niemand ..."

Aber ich zuckte mit den Schultern, als wäre mir jedes Verbot gleichgültig, und machte mich auf den Weg.

Und nach ein paar Metern schon folgte mir die weiße Frau ebenfalls, schimpfend auf meinen Eigensinn.

Dreiunddreißig

Ich schlug mit geballten Händen an das eiserne Tor, das dumpf widerhallte. Nichts. Ich klopfte nochmals; ein drittes, viertes, fünftes Mal, doch im Inneren des Würfels blieb es still wie ausgestorben. Nur das Echo meiner Fausthiebe kehrte mit regelmäßiger Verspätung zu uns zurück.

„Da siehst du es", sagte die weiße Frau, und es klang erleichtert. „Es ist keiner da! Wir sollten nicht länger bleiben und unsere Zeit verschwenden!"

Ich nickte enttäuscht und wandte mich zum Gehen, als plötzlich ein Schieben und lautes Quietschen begann, wie von einer alten Lokomotive, die bremsend in einen Bahnhof einfährt, und das Tor sich einen Spalt weit aufschob.

Die weiße Frau und ich traten erschrocken ein paar Schritte nach hinten, allerdings konnten wir unsere Augen nicht einen Moment lang von dem Ereignis abwenden.

„Was hast du bloß angestellt", wimmerte die weiße Frau und hielt sich an meinem Arm fest. „Habe ich dir nicht gesagt, dass es verboten ist, hierher zu kommen?!"

„Es wird schon nichts geschehen", tröstete ich sie, glaubte aber im Grund genommen selbst nicht daran.

Dann, als das Tor weit genug offen stand, um durchschlüpfen zu können, hörten wir eine drängende Stimme: „Tretet ein!"

„Das dürfen wir nicht", warnte die weiße Frau und hielt mich zurück. „Das ist eine Falle, bestimmt!"

„Kommt ihr?", fragte die Stimme, und sie schien es bereits noch eiliger zu haben. „Ich kann das Tor nicht bis zum Sankt Nimmerleinstag offen halten! Beeilt euch!"

Ich zögerte, fasste mir aber schließlich ein Herz und ging auf das Tor zu und in den Würfel hinein.

„Warte", hörte ich die weiße Frau hinter mir rufen. „Dich kann man ja nicht alleine lassen!"

Vierunddreißig

Wir betraten einen Garten, der an Vielfalt und Üppigkeit nicht zu übertreffen war: exotische Blumen wuchsen in ungeahnte Höhen; an den Innenwänden des Würfels rankten wilder Wein und Efeu; mit Früchten behangene Bäume spendeten Schatten unter einer goldglänzenden Sonne.
„Wie ist das möglich?", fragte ich, verwundert über den Himmelskörper. „Ich dachte, ein Wolf hat sie verschlungen!?"
„Das ist ein böser Zauber", rief die weiße Frau und zog mich ein Stück zurück. „Wir dürfen hier nicht länger bleiben!"
„Papperlapapp", hörten wir die Stimme, die uns hierher eingeladen hatte. „Was redest du für Sachen?!"
Die weiße Frau und ich sahen uns erschrocken an.
„Wer ist da?", wollte ich wissen. „Zeig dich!"
Und aus dem Dickicht aus Blumen, Sträuchern und Bäumen kam ein Gnom, der dünn wie Glas war und sein Gesicht so runzelig wie eine Rosine.
Er kam mir gleich bekannt vor.
„Ich kenne dich doch", sagte ich.
„Ach ja", meinte der Gnom. „Und woher sollte das sein?"
Ich betrachtete ihn sorgfältig: „Es liegt mir auf der Zunge."
„Dann lass mich sehen", meinte der Gnom, und ich beugte mich zu ihm und streckte die Zunge heraus.
„Und, kannst du was erkennen?", fragte ich.
Der Gnom schüttelte den Kopf.
„Nichts?", war ich enttäuscht.
„Doch, da steht was", sagte der Gnom. „Aber du irrst dich, mein Freund."
Ich erhob mich wieder: „Worin?"
„Der Gedankenverwalter ist mein Bruder! Wir sehen uns nur ähnlich, das ist alles!"

Jetzt erinnerte ich mich.

„Aber natürlich", rief ich aus. „Ihr könntet Zwillinge sein! Wie geht es ihm?"

„Wir haben uns seit vielen Leben nicht mehr gesehen", antwortete der Gnom traurig. „Es ist einfach zu viel zu tun!"

„Was machst du eigentlich?", unterbrach ihn die weiße Frau, als wollte sie ihn einer Straftat überführen.

„Ich bin der Traumwandler", antwortete der Gnom wie in seiner Berufsehre gekränkt. „Ich verwalte und korrigiere die unerlaubten Träume."

Fünfunddreißig

Der Traumwandler führte uns durch die vielen Räume des Würfels und erklärte, worin seine Arbeit bestand: „Jedes Stockwerk widmet sich einer anderen Aufgabe. Ganz unten werden die leichten Fälle behandelt. Das sind jene Zauberwesen, die kurzzeitig ihren Platz in der Geschichte verlassen haben und nicht mehr dorthin zurückfinden, obwohl sie es wollen. In der Mitte ist die Station für diejenigen, die sich ausdrücklich weigern, ihre Rolle trotz aller Hilfestellung wieder einzunehmen. Und ganz oben sind die Zellen für die gänzlich verbotenen Träume und Gedanken."

Ich schüttelte den Kopf und traute meinen Ohren nicht. Ungläubig sah ich die weiße Frau an, die allerdings zu Boden starrte.

„Ist etwas?", fragte mich der Traumwandler.

„Das ist..." Mir fehlten die Worte. „Kann ich mir einige dieser Zauberwesen oder unerlaubten Gedanken ansehen?"

„Aber natürlich", freute sich der Traumwandler über mein Interesse an seiner Arbeit. „Du musst jedoch aufpassen! Je verbotener die Gedanken nämlich sind, desto mächtiger sind sie auch! Sie können andere, ebenfalls verbotene Dinge entstehen lassen, nur indem sie daran denken. Der gesamte Wildwuchs im Hof...", er zeigte verächtlich aus einem offenen Fenster in den Garten, „und diese zweite Sonne sind erst vor kurzem entstanden; ein Neuzugang macht uns große Probleme!"

„Ihn will ich sehen!", rief ich aus.

„Das geht nicht", sagte der Traumwandler.

„Warum?"

„Weil ich ihn noch nicht untersucht habe und..."

„Ich bin auch Arzt", unterbrach ich ihn schnell und stellte mich aufrecht hin, als könnte ich mir dadurch einen Vorteil verschaffen.

„Stimmt das?", wandte sich der Traumwandler an die weiße Frau. „Ist er in Wirklichkeit ein Arzt?"

„Psychiater", sagte die weiße Frau und lächelte mich kurz an.

„Wenn das so ist", meinte der Traumwandler, „will ich dir zuerst noch ein paar andere Fälle zeigen!"

Und bevor ich verneinen konnte, ging er schon voraus in das erste Untersuchungszimmer.

Sechsunddreißig

Der alte Mann hatte ein Lieblingsspiel, das er mir beibrachte: Er zog ein Buch aus dem Regal, las ein Stück der Geschichte und erfand eine gänzlich neue Handlung.

„Damit verschaffe ich mir Abwechslung", sagte er, „und ermögliche den Figuren, wenigstens für die Dauer einer Erzählung, ein anderes Schicksal, als es sie sonst erwartet."

„Schade, dass man es im richtigen Leben nicht auch so machen kann", sagte ich darauf. „Manchmal wäre es eine richtige Erleichterung, etwas auf eine andere Art und Weise zu erleben, als man es in Wirklichkeit tat, nur weil man es so weitererzählt."

„Das müsste man durchaus versuchen", meinte der alte Mann, überließ mir aber die Entscheidung.

Siebenunddreißig

Der Traumwandler zeigte mir eine Blütenlese der interessantesten Fälle, wie er es nannte; Zauberwesen, die mehr oder weniger anders waren als ursprünglich beschrieben.

„Diese kleine Meerjungfrau zum Beispiel", sagte er und machte eine besorgte Stimme, „ist wasserscheu! Sieht sie den Ozean auch nur aus der Ferne, beginnt sie lauthals zu schreien! – Dieser Rattenfänger etwa hat Angst vor Ungeziefer und ergreift sofort die Flucht vor der kleinsten Maus! – Jener König hat alle Lust am Regieren verloren und hat einen Bauern auf seinen Thron gesetzt! – Und diese garstige Hexe sorgt sich um Kinder, die sich im Wald verlaufen haben, und gibt ihnen zu essen und trinken!"

Der Traumwandler machte ein besorgtes Gesicht.

„Ich könnte euch noch viele dieser seltsamen Geschöpfe zeigen", sagte er. „Alle Zimmer des Würfels sind belegt. Manche davon sogar mehrfach!"

Ich erinnerte mich an meine Arbeit als Psychiater und an die Patienten, denen ich begegnete und die ich anfangs wie Verrückte behandelt hatte: *Manche geben sich die Namen von denen, die sie meinen zu sein, und leben hundert Jahre und länger zurück. So gab es schon mehr als einen zweiten Napoleon, Michelangelo und Francis Bacon. Andere sehen sich gerade von jenen umgeben, und halten Reden im Kreis der großen Geister von damals und sprechen zu ihnen wie anwesend.*

Dann aber hatte ich den alten Mann und seine Welt kennen gelernt, die alsbald auch meine geworden war, und hatte langsam zu verstehen begonnen, dass Eigensinn und Träumerei das Leben interessanter machten und nicht grundsätzlich behandelt werden mussten.

„Du hast einen Neuzugang erwähnt", sagte ich zum Traumwandler wie beiläufig, gleichwohl ich an nichts anders mehr denken konnte. „Darf ich ihn sehen?"

Der Traumwandler war sich nicht sicher; lauernd zog er seine Augenbrauen zusammen und schnalzte mit der Zunge: „Weshalb interessierst du dich für ihn?"

„Aus keinen bestimmten Grund", antwortete ich.

Mir fiel auch wirklich kein triftiger Grund ein. Lediglich ein Gefühl sagte mir, dass ich diesen besonderen Patienten treffen sollte; es war wie eine Stimme, die mich rief.

„In Ordnung", sagte der Traumwandler nachgiebig. „Ich bringe dich zu seinem Zimmer. Aber sei gewarnt, dieser alte Mann ist nicht zu unterschätzen!"

Achtunddreißig

Ich erkannte ihn sofort und konnte es doch erst nach dem zweiten Blick glauben: der alte Mann lebte; er stand mit verschränkten Armen am Fenster seines Zimmers und schien uns bereits zu erwarten.

„Ihr kommt aufs Stichwort pünktlich", sagte er und umarmte mich freudestrahlend zum Wiedersehen.

„Aber wie ist das möglich", fragte die weiße Frau, und sagte dann leise zu sich weiter: „Der Zauberer ist am Leben!"

Der alte Mann nickte und gab ihr einen Kuss: „Das bin ich, Henriette! Und du bist so schön wie eh und je!"

Der Traumwandler dagegen schien verwirrt.

„Kann mir einer erklären, was hier vor sich geht", rief er fast böse. „Ich verstehe nicht ein Wort von dem, was ihr redet!"

„Alles zu seiner Zeit", sagte der Zauberer. „Aber du sollst wissen, dass an dieser Stelle der Geschichte sich alles zusammenfügt."

Neununddreißig

Der Traumwandler erlaubte nicht, dass die weiße Frau und ich zusammen mit dem alten Mann das Zimmer verließen, ehe ihm der Zauberer nicht restlos alles erklärt hätte.

„Da könnte doch ein jeder kommen", sagte er aufbrausend wie ein Wirbelwind und machte eine Handbewegung, als würfe er etwas hinter sich. „Die Nachrichten, die ich erhalten habe, lauten jedenfalls anders: der Zauberer ist tot, weshalb das Gleichgewicht aufgehoben wurde, und der Mond die Sonne hat stürzen lassen, um selbst über das Land zu herrschen. Wer aber dieser alte Mann ist", und dabei sah er mich an, als misstraute er mir, „weiß ich nicht! Von ihm habe ich noch nie ein Wort gehört!"

„Mit etwas Geduld wirst du die Antworten schon bekommen", sagte der Zauberer und lächelte. „Aber bis dahin schlage ich vor, dass wir gemeinsam eine Kanne Tee trinken. Dabei wird sogar dieses kahle Zimmer gemütlich!"

Der Traumwandler nickte zustimmend: „Also gut, aber dann will ich die Geschichte hören, verstanden!"

Vierzig

Die Geschichte ging so: Nach dem Tod seiner Frau hatte der alte Mann Zuflucht in einer Welt genommen, in der Henriette noch lebte. Er stellte sie sich wie am Tag ihrer Hochzeit vor, in einem weißen Brautkleid und mit blumenverflochtenem Haar. Und damit sie nicht einsam wurde, erfand er allerhand Zauberwesen und gute Geister, die seiner großen Liebe Gesellschaft leisten konnten, wenn er sie einmal nicht in seiner Phantasie besuchte, und erschuf somit ein Land, das für ihn bald zur besseren Heimat wurde.

„Trotzdem überfiel mich manchmal Wut und Traurigkeit", sagte der Zauberer und hatte Tränen in den Augen, als er die weiße Frau anblickte. „Dann, wenn mich die Wirklichkeit wieder einholte und ich mich in meiner kleinen Wohnung mit den Büchern und deinem Cello, dem ich die Saiten abgenommen hatte, einsam und verlassen fühlte."

Aus diesen dunklen Gedanken entstanden das Schattenreich und alle Unglück bringenden Wesen.

„Ich habe lange gebraucht, um Friede in mir zu schaffen", sagte der alte Mann. „Aber mit der Zeit hatte ich das Gleichgewicht wiedergefunden und konnte meine Gefühle, gute wie schlechte, beherrschen!"

Als der alte Mann jedoch starb, kam in diese Ordnung abermals große Unruhe und der Schatten des Todes legte sich über das Land.

„Alles wäre verloren, wenn du nicht von Anfang an in mir den Zauberer gesehen hättest", sagte er dankbar und stolz in meine Richtung. „Und du nicht auch später, als ich die eine Welt verlassen hatte, mich in diese hineingewünscht hättest."

Und in der Tat, ich erinnerte mich: Ich hatte mir den alten Mann, nachdem er gestorben war, und auch alle vorangegangenen Monate, in denen wir das Buch miteinander geschrieben hatten, als einen mächtigen Zauberer vorgestellt, der in einem Haus am See wohnte, welcher am Tag aus Silber und nachts schwarz wie Pech war; der mit dem Zauberer aus dem Osten Kämpfe austrug; der einhändig einen Knoten binden und Kinderlieder rückwärts pfeifen konnte; der mit einem Löwenzahn um die Wette brüllte; der mich lehrte, in der Erinnerung zurückzugehen, und mit mir am Zaun Xylophon spielte.

„Nach meiner Rückkehr", erzählte der Zauberer weiter, „hatte ich meine Macht aber noch nicht ganz zurückerhalten und musste langsam alle Sprüche wieder lernen."

Dabei sah er den Traumwandler vorwurfsvoll an, der mit offenem Mund dastand, aber keinen Ton herausbrachte, und sich nervös am Hals kratzte.

„Dein Pflichtbewusstsein hat dich für meine Kunst blind gemacht", sagte der Zauberer zu ihm. Aber das ist kein Grund, mit dir böse zu sein, immerhin habe ich dich so erfunden", und er klopfte dem Traumwandler auf die Schulter, „du hast deine Arbeit gut gemacht, und mir dadurch auch genügend Zeit gegeben, meine Macht wiederzuerlangen."

Dann ging er zum Fenster und blickte eine Weile in den dunklen Himmel.

„Als Erstes werde ich der Sonne wieder zu ihrem Recht verhelfen", sagte der Zauberer kampfeslustig. „Alles andere ergibt sich von selbst."

Einundvierzig

Der Zauberer, die weiße Frau und ich stiegen auf das Dach des Würfels; der Traumwandler hatte uns zwar die Stiege gezeigt, wollte aber unten bleiben und seine Untersuchungsnotizen zum alten Mann auf Fehler überprüfen.

Das Land lag grau wie aschebedeckt vor uns und von keiner Seite hörte man ein Geräusch. Der Himmel war tintenschwarz und einzig und allein der Mond, der kalt und farblos wie ein Stein auf seinem Thron saß, stierte zu uns herunter.

„Was wollt ihr", sagte er mit Donnerstimme und warf uns einen eisigen Blick zu. „Habt ihr nicht gehört, dass man sich vor dem König verbeugt?!"

„Einen solchen sehe ich nicht", rief der Zauberer verächtlich. „Zeig mir einen König und ich werde mich untertänig erweisen!"

Darauf schnaubte der Mond wutentbrannt und bekam ein wenig rote Farbe ins Gesicht: „Was erlaubst du dir, Winzling! Die Strafe für diese Unverschämtheit ist der Tod!"

Dann sprach er ein paar unverständliche Worte und aus einer Gewitterwolke, die zwischen zwei Berggipfeln festsaß, formte sich ein riesenhafter Wolf, der mit gewaltigen Sprüngen auf uns zurannte.

Der Zauberer trat vor, streckte die Hände vor sich aus und murmelte leise.

„Was machst du da?", brüllte der Mond. „Wer hat dir erlaubt zu zaubern?"

Und plötzlich hielt der Wolf an und winselte, während er den Schwanz zwischen seinen Hinterläufen barg.

„Heb dich hinweg", befahl ihm der Zauberer, „und bleib fortan, wo du hingehörst."

Worauf sich der Wolf in schwarzen Nebel verwandelte und in Nichts auflöste.

Dann wandte sich der Zauberer wieder dem Mond zu: „Deine Zeit ist ebenfalls abgelaufen! Die Sonne wird bald aufgehen, und du unter!"

„Niemals!", schrie der Mond. „Ich bin der König dieses Landes! Und überhaupt: der Wolf, den du soeben hast verschwinden lassen, hat die Sonne auf Nimmerwiedersehen verschluckt! Was kannst du dagegen schon machen?"

Der Zauberer lächelte, ging ein paar Schritte zurück und blickte in den Hof des Würfels.

„Hab keine Angst", rief er hinunter, „keiner wird dir etwas tun! Meine Freunde und ich werden dich beschützen!"

Und nach einer kurzen Weile, stieg die Sonne, die der Zauberer inmitten eines blühenden Gartens hat entstehen lassen, auf und kletterte an die höchste Stelle des Himmels, von wo aus sie alles in helles Licht tauchte.

Der Mond sah dagegen bleich aus und sank allmählich wie ein leckgeschlagenes Schiff.

„Die Nacht ist dein Reich", rief ihm der Zauberer hinterher, „merk dir das!"

Es dauerte nur wenige Augenblicke, bis unter der neuen Wärme alles zu wachsen und blühen begann, und die Zauberwesen aus ihren Gefängnissen zurück an jene Orte kehrten, wo sie noch heute glücklich und zufrieden leben.

Zweiundvierzig

Der Wecker weckte mich wie ein Faustschlag. Ich fuhr im Bett hoch und wusste im ersten Moment gar nicht, wo ich war. Dann bemerkte ich die Flasche mit Henriettes Bild auf dem Nachttisch und begriff: Ich war zurück!
 Ich stand auf und zog den Vorhang beiseite.
 Die Sonne schien wie ein neuer Goldtaler und fühlte sich gut auf meiner Haut an. Es sollte ein herrlicher Tag werden.
 Dann ging ich ins Bad, wusch mich und putzte mir die Zähne, bevor ich mir ein Frühstück machte und die Zeitung aufschlug; unter den Todesanzeigen fand ich den alten Mann: Das Foto zeigte ihn im Hochzeitsfrack und mit Zylinder. Er sah wie ein Zauberer aus. An ihn geschmiegt stand Henriette als Braut. Beide lachten überglücklich. Und darunter stand als einziger Satz: *Das Leben geht weiter.*

Martin Kolozs

geboren 1978 in Graz, lebt in Innsbruck.
www.martinkolozs.at

Bücher (Auswahl):
Die Geschichte geht so, Bibliothek der Provinz
Lange Abende, Skarabäus Verlag
Mon Amie, Skarabäus Verlag
Bar, Skarabäus Verlag
Harte Zeiten, Edition Baes

Stücke (Auswahl):
Kidnappin' Chaplin, UA 2008
Godot kommt!, UA 2009
Ein Scharmützel, UA 2009
Es ist das Dunkel, das ich fürchte, UA 2010